KB077023

한 걸음도 희망이다

한 걸음도 희망이다
김승재 시집

초판 1쇄 | 2014년 12월 25일
초판 2쇄 | 2015년 01월 25일

지은이 | 김승재
펴낸이 | 신현운
펴낸곳 | 연인M&B
기　획 | 여인화
디자인 | 이희정 인명교
마케팅 | 박한동
등　록 | 2000년 3월 7일 제2-3037호
주　소 | 143-874 서울특별시 광진구 자양로 56(자양동 680-25) 2층
전　화 | (02)455-3987 팩스 | (02)3437-5975
홈주소 | www.yeoninmb.co.kr
이메일 | yeonin7@hanmail.net

값 8,000원

ⓒ 김승재 2014 Printed in Korea

ISBN 978-89-6253-159-6 03810

이 시집은 (사)꿈너머꿈(www.꿈너머꿈.kr)과 한국통합교육연구회에서 지원하여 출간
되었으며 수익금은 장애인들의 사회통합과 통합교육을 위하여 전액 사용됩니다.

한 걸음도
희망이다

한 걸음도 희망이다

김승재 시집

한 걸음도 희망이다
한 걸음씩 희망이다
한 걸음씩 늘려간다
오늘도 늘린 한 걸음의 희망

연인M&B

　　장애를 입은 분들이 이 책을 보고 공감대를 얻고 조금이나마 마음의 쉼터가 되었으면 좋겠습니다. 장애라는 것은 불편해서 힘든 것보다 마음의 상처가 더 힘든 것이니까요. 저 또한 장애로 인해 힘든 마음을 위로하기 위해 써내려간 글이 모여 저의 인생 기록과도 같은 표현이 되었습니다.

　　『한 걸음도 희망이다』 시집을 세상 밖으로 나설 수 있게 해 준 장애인들의 사회통합과 통합교육을 위해 애쓰시는 사단법인 꿈너머꿈 전선주 대표님과 처음으로 저에게 시를 통한 행복을 느끼게 해 주시고 응원해 주신 박주리 선생님을 비롯한 모든 분들께 깊은 감사를 드립니다.

2014년 12월

김승재

많은 사람들에게 희망을

시를 쓰는 것을 즐거워하고 좋아하는 장애 학생 시인이 있다며 예전에 담임했던 선생님으로부터 승재 군을 소개받았습니다. 처음에는 몇 편의 시를 보다가 10여 권의 습작 시 노트를 받았습니다. 이렇게 많은 시를 쓰고 있는 친구의 소원은 시집을 출간하는 것이랍니다.

그동안 일반 학교에서 일반 아이들과 학교생활을 하며 여러 가지로 겪었을 어려움들을 시를 통해 이겨 낼 수 있었고, 여러 갈등 상황에서도 자신을 힘들게 한 친구들과 세상을 긍정의 눈으로 바라볼 수 있게 한 것도 시였답니다. 이런 승재 군을 위해 무엇인가 해 주고 싶은 생각이 들었습니다. 다행스럽게도 이렇게 시집을 낼 수 있도록 연인M&B 대표님의 배려가 있었습니다. 감사드립니다.

학교에서 장애를 가진 친구들은 초등학교에서 중학교로, 또한 고등학교로 진학을 할수록 더욱 어려운 환경에 처해지는 것 같습니다. 그래도 초등학교에서는 친구로서 같이 돕고 함께하려는 생각들이 많았지만 고학년이 되고 중학교에 들어가면서 놀이 문화와 학습 수준의 차이로 인하여 함께하는 것이 어려워지는 것 같습니다.

특히 중학교에서는 모든 학생들이 사춘기를 겪으며 따돌림이나 괴롭힘까지 나올 수 있는 상황이고 그런 일이 쉽게 벌어지기도 합니다. 고등학교에서는 각자 자신의 갈 길을 위하여 대학 입시나 취업을 위하여 노력하면서 장애 친구를 챙기고 같이하고자 하는 유대감이 떨어질 수 있습니다.

이러한 학교 상황들을 승재 군은 모두 통과하였고 그런 과정에서 인생을, 세상을, 자연을, 친구를, 자신을 긍정의 마음으로 보고 있다는 것이 참 반갑고 기뻤습니다. 장애는 틀린 것이 아니라 다른 것인데 틀린 사람처럼 취급하는 세상에서 말입니다.

아무튼 승재 군이 이 시집을 통하여 더욱 기쁘고 더욱 큰 꿈을 갖게 되길 소원합니다. 그리고 이 사회에서 당당하게 외치며 많은 사람들에게 희망을 줄 수 있기를 바랍니다. 이 시집을 읽는 주변의 모든 분들과 함께 꿈너머꿈이 활짝 펼쳐지길 바라며…….

(사)꿈너머꿈 대표
전선주

한 걸음도 희망

2011년 11월 초, 가을 막바지의 아름다움이 물든 산을 바라보며 차 한잔을 마시고 있을 때 제가 근무하던 고등학교의 순회학급을 다니기 위해 전학을 온 작은 시인 김승재를 만났습니다. 그리고 승재는 『바람에 내 마음을 싣고』라는 제본된 시집을 수줍게 내밀었습니다.

초등학교 3학년 때 교통사고로 장애를 입게 된 승재는 중학교에 들어가면서 장애로 인한 힘듦과 외로운 마음들을 틈틈이 글로 표현하였다고 하였습니다. 한 권 두 권 쌓여 가는 승재의 시들을 혼자만 품고 있는 것이 안타까워 부모님께서는 승재의 마음을 담은 글들을 엮은 승재만의 시집을 만들어서 무료로 나누고 있다는 사연을 듣게 되었습니다.

승재가 집으로 돌아간 후 그날로 그 시집을 읽어 내려 갔습니다. 그 시들 속에는 승재가 장애를 입고서 겪었을 아픔과 그 어려움을 이겨 내려 애쓰는 마음, 그리고 가족들에 대한 미안함, 친구들에 대한 그리움, 어머니에 대한 고마움, 그 승재의 어려움을 바라보고 있는 가족과 형제, 친구들의 응원이 고스란히, 고스란히 담겨져 있었습니다. 그리고 저는 작은 시인 김승재의 팬이 되었습니다.

순회학급 학생이었지만 일주일에 한 번 제가 가르치는 국어 시간에는 학교에 등교해서 친구들과 함께 글쓰기 공부도 하고 다른 친구들에게 시를 쓰는 기쁨을 가르쳐 주면서 승재와 친구들의 문학적 감성이 성장하도록 도와주었습니다. 일주일 동안 노트에 빼곡하게 써 온 시들을 함께 다듬으며 승재의 글에 대한 열정과 그 성실함에 감동을 받았습니다.

교장, 교감 선생님 그리고 통합학급 담임선생님께 작은 시집 『바람에 내 마음을 싣고』를 선물하면서 우리 학교의 작은 시인을 소개하였습니다. 승재의 시 중 〈엄마〉라는 시는 현관문 앞에 배너로 세워져서 등교하는 학생들에게 장애를 가진 것보다 장애를 이겨 내려는 그 마음이 소중하다는 것을 알게 모르게 가르쳐 주는 자연스러운 장애이해 교육이 되었습니다.

하루도 빠짐없이 시를 쓰고 그 모아진 시를 매주 한 번씩 제게로 가져와서 지도받는 이 작은 시인의 꿈은 언젠가는 승재의 시들이 서점에서 찾아볼 수 있는 진짜 시가 되었으면 하는 것이었습니다. 이 작은 시인의 꿈과 열정을 도와주고 싶어 꼭 그렇게 하자 약속을 했습니다.

어쩌면 우리가 익히 알고 있는 유명한 시에 비하면 너무도 작은 시…. 어쩌면 시가 아닐지도 모르겠습니다. 하지만 제 가슴속에는 그 어떤 유명한 시인의 시보다 더 가슴에 와 닿고 더 인생의 참 깊음을 깨닫게 해 주는 시였습니다.

정말 한 걸음도 희망입니다. 우리 승재가 한 걸음을 내딛지 않았다면 이런 작은 소망이 결실을 맺지도, 제자를 사랑하는 선생님의 작은 약속이 지켜지지도, 우리 장애 학생들의 꿈을 지원하고 그 너머의 꿈까지도 이루게 도와주는 사단법인 '꿈너머꿈'의 꿈도 이루어지지도 않았을 것입니다.

일산국제컨벤션고등학교 교사

박주리

2

3

4

5

1

별 그대

저 하늘
그댈 그리워하다
그리워하다 지쳐서
눈물을 머금고
먹구름 그 마음으로
세상을 적신다

밤하늘
그대가 아는 하늘
별 별 별이 스치다

밤하늘
그대가 좋아하는
하늘 하늘 하늘
별들을 내품는다

그댄 별
저기 별

저 별
아득한 하늘에
아련히 그대 모습 스치운다

너는 나에게 나는 너에게

나는 너에게
꽃잎이고 싶다
아리따운 너 닮은
꽃잎이고 싶다

너는 나에게
꽃이란다
꽃이란다
난 너의 잎이란다

그러기에
내 자린 여기란다

나는 너에게
너는 나에게
꾸밈없는
화사함이고 싶다

20

바람길

바람 앞에 선 나
바람 따라 간다
멀리도 간다
쉼없이 간다
멈추지를 않는다
잠시 숨을 고르고
그 바람은 어디에
다시 또 다른 길의
바람 따라 간다

님 없던 어제

바람 불어오면
스르르 눈이 감겨 오고
감긴 시선은
언제나 너로 가득하다

내 세상은
너로 가득한데
너의 눈빛 그리워
너무 그리워
말문이 막힌다

슬퍼 너무 슬퍼
할 말은 너뿐인데
너밖에 떠오르지 않는데

아~ 없구나
없네

정말 없어
그래도 불러 본다
정말 없는 너

인정

반복되는 실수란
잘못이 되어 버렸고
고립되어 버린 생각은
우울함을 떨치질 못한다

비록 누구의 말도 듣질 않지만
못난 나라지만
그래도 나 한번쯤은
더 나아지고 싶다
그래 보고 싶다

망상은 나를 가뒀고
착각한 채 내 마음
허공만을 떠돌고

결국 핑계일지도 모르는
나도 알지 못한 나
빈 공간 안에 나를

더 이상 빠트리고 싶진 않다

그렇지만 참 고되다

알 수 없는 인생

이상한 어둠

나 혼자 있을 때 시선이 날 버리면
밝은 어둠에 들어선 것 같다
분명 환한데 낮인데 나도 아는데
시선은 내 생각과 충돌해 나를 거절한다
어둠만이 어둠이 아닌 걸 안 어느 때
나도 이미 어둠이란 곳에 빠진 뒤였다
그 뒤 마음도 점점 어두워지고 있었다
하나씩 놓아 가고 나는 나를 버리는 듯했다

반복

10m를 걷고 100m 걷고
지쳐서 쉬고
다시 10m를 걷고 100m 걷고
똑같이 반복
언제나 똑같은 걸음
더 못 나가도 걷는다
지칠 때까지

지체장애

우리에게 주어진 신체 앞에
내 다리는 저기 굴러간다

우리에게 닥친 현실 앞에
눈물은 독이다
나는 끊임없이 애쓴다

앉은뱅이 되지 않으려
수술도 여러 차례
가망성은 내 의지였다

세상은 부러움의 천지였다
난 친구에게 도움을 받는다
그 많은 친구들 중 신체가
불편한 건 단둘뿐이었다

흔한 동그란 다리를 가진
친구는 병원에도 학교에도 없었다

내 다리는 6개다
먼 길 갈 때 쓰는 다리
내 다리

나도 다리가 2개였으면 좋겠다
내 다리의 힘으로는 그럴 수 없다

사람들의 시선은 바뀌지만
냉정한 현실은
재활의 힘도 휴식 뒤엔
허탈하기만 하다

그러기에 난 더 강해져야
하고 강해지고 있다

겨울 걸음

겨울은 차고
사람들의 시선도 차갑다
그 추위에 얼어붙은
내 다리는 나가질 못한다
녹아 가는 내 생각과
그 생각의 내 다리는
걸음을 시작한다
난 아직도 봄이 오지 않는 겨울에서
첫걸음만 만 번째
나아가질 못한다

인형의 꿈

푸른 하늘은 진하게 물들어 가고
인형의 꿈에도 먹구름이 낀다
오래된 인형, 나이 든 인형
그렇게 버려져 울상이 된다
기억을 되새기다
아이의 꿈에서 시작됐던
아름다웠던 인형의 이야기

아니라면

하루만 하루만 내가 아니라면
지금 나 완전히 달랐을 텐데

눈 보기 편하고
정신 멀쩡하고
신체 정상인일 텐데

눈물도 줄고
잠도 약 없이 자고

놀러 가서도 놀이기구, 바이크, 썰매
하나까지도 제약받았던 나

또 나와 같은 수많은 님들

시 1

시가 나를 살린다
시가 나를 유혹한다
시가 나를 들뜨게 한다
그러고는 내 기억 속으로 숨어
나를 지도한다

지친 마음

지친 우리에게
남겨진 작은 연필 한 자루
무엇하리 무엇하리
있으나 마나한 것 아닌가?
아니다 아니다
난 꿈을 그으리
끝도 없이 그으리
인생을 남기리

나무

나무가 옷을 벗는다
자연의 명령
어길 수 없는 현실

나무는 추워 떤다
떨다 지쳐 눈에 파묻힌다

나는 안다
나무는 다시 옷을 입는다는 것을

오랜 시간에 걸쳐서라도

경련

떨린다 떨린다 조금씩
조용히 떨린다 오늘도

내 마음 위축시키고
내 다리 나무 되어
싫다 싫다 너

너를 위한 이 걸음도
네가 오면 나 그만한다

갈길이 조금씩 막혀 간다
니가 싫다 싫다
날 앉게 만드는 네가

궁금증

푸른 바다
그 위에 푸른 하늘
그 밖은 미지의 우주
궁금증으로 가득찬 은하계
또 그 밖
무엇 있으려나

아버지

눈뜬 그 자리
내 옆엔 님 계시네

자랑스런 님
따라갈 엄두가 안 나

밝게 웃어 주시네
힘든 내색 웃음으로 대신하시네

님… 언제나 여기
언젠간 님 가시겠지
그땐 님 여기 두리
여기 이 안… 내 안에

님의 모습 이 안에
찬란히 살아 나 지도한다

나 1

흔들흔들 걸어가는
쓰러지지 않는
장애를 뒤집어쓴
오뚜기 나

눈빛

천천히 그대에게 다가간다
하루에 반걸음씩
그대도 나를 보고 있다
마음을 비운 채 바라본다
감정없이 모습만 기억한다
어느새 그댄 차가워졌다
나의 눈을 의식한 듯 그도 나를 본다
바람이여 부디 내겐 불진 말아다오
그대의 눈빛만으로도 나는 추우니

2

원동력

과거를 넘긴다
책 같은 나의 과거
차례에서 찾는다 그때의 마음을
이제 알아간다 틀린 것과 나의 억지를
어찌 보면 가장 소중한 마음을
대부분 무의미하게
글로 시작되어 글로 이별하는 사람들
내게 속삭이는 사람들
내가 글을 쓰는데 원동력이 되는 님들

두 걸음 앞

멀어진 그대의 모습은
내 가슴을 뛰게 만든다
두 걸음이면 그대인데
내 눈엔 이틀은 걸릴 것 같다
내 마음은 쉼없이 그댈 부르지만
그대여서 들리지가 않나 봐
그래도 그게 편할지도
어쩌면 좋을지도
두 걸음만 가면 그댄
내 모습을 알고
나를 피할지도 모르니

그를 기억하는 편지

차디찬 이 바람은
그를 떠오르게 만들고
따스한 그와의 사진은
나의 마음을 진정시킨다
내가 말하는 그는 어쩌면
여기 없을지도 모른다
내가 했던 그 말이
부담스러워 나를 못 볼까 봐
내가 못 보도록 피한다
나를 피했다
이제 그를 기억하는
나 이외에 이 편지 한 장

한 걸음도 희망이다

다리가 있어서 행복하다
남들처럼 노력해서 이만큼 걷는다
한 걸음도 희망이다
한 걸음씩 희망이다
한 걸음씩 늘려간다
늘려가다 언젠가 보면 나도 걷는다
희망을 걸어간다
희망으로 나아간다
여기서 쉬어간다
오늘도 늘린 한 걸음의 희망

양말

우리를 따스히 감싸 주는 양말
우리의 발 안전하게 지켜 주는 양말
크리스마스를 기다리는 양말
조심스레 선물을 기다리는 겨울
나는 양말을 신고 그 위에 보조기를 신는다
그래야 잘 걸으니까 다리의 힘이 약하니까
자그마한 양말 안에 담겨진 의미는
때때로 다르지만 그 의미는 바램이다
아이들의 자그마한 바램 속에 주머니이다
산타라는 환상의 인물로 생긴
진실된 환상일지도 모르는 바램이다

소박한 꿈

소리 없이 잠들고 소리 없이 일어난다
생전에 내가 했던 잘못되었던 그 말
이제 다시 여기서부터 억지 부리려 한다
가지고 온 것 하나 없거늘
가는 내 발 왜 이리 무거운가
남몰래 써 온 내 글 왜 이리 조용한가
이제 너를 다시 기억해 내어
글로 남기리라 소박했던 내 생활 그 꿈

그러기에

찬란했던 나의 과거는
미래를 위해 존재했고
서툴렀던 시작은
서툴지 않기 위해 계속된다
사람 인생 계단 오르듯
단계 오르는 게임이야
그러기에 다 오르면 끝나는 거야
우리에게 주어진 건
앞으로 더 많은 걸 주어질 재료일 뿐이지

꿈의 길

지쳐가는 우리 마음에는
눈부시도록 밝은 꿈이 있었고
그 꿈 위한 우리는 쓰러질 수 없었다
그러기에 나는
그러기에 너는
그러기에 우리는
이 길을 계속 간다

믿어 본다

믿어 본다 바래 왔던 꿈을
믿어 본다 마지막 기대를
믿어 편해진다면 그렇다면 믿는다
아무 생각 없어도 바란다
믿어요 처음부터
믿어요 그 끝 어디까지
난 오늘도 작은 바램들로
내 꿈을 믿고 바래 본다
끝없이 그려 나간다

베개

지친 우리 마음 포근히 쉬게 한
베개가 되고 싶다
우리 음악단, 우리 합창단 쉬어 갈
베개가 되고 싶다
난 여기서 꿈을 꾸고 싶다
배게 위에서 포근히
오늘 밤도

시냇물

시냇물 흐를 때
내 마음도 흐르는 듯해
시냇물 내내 흐르고
내 마음도 내내 흐르니까
내 마음 시냇물 닮았으면 해
많은 생명의 힘이 되고파
멈추지 않는 그 마음도 내가 닮고파

시 2

내 삶의 의미인 너
내 마음 달래는 너
나에게 엄마인 너
이제는 친구인 너
나의 친구 시
내 마음 아는 시
글이지만 따뜻한 너
나의 잠 깨우는 너
내게 희망을 선물하고
희망을 취미로 바꾸고
이젠 내 머리에서 떠나질 않아
언제나 다른 모습인 네가

바다까지

비 내리는 날
나의 모습 낙엽이 되려 한다
빗물 따라 멀리멀리 가려 한다
바다까지 갈 때쯤
나의 몸과 마음 헤질지라도
너 만나길 생각하며 참는다

추억 무지개

한번의 웃음처럼 즐겁지만
내 기억엔 짧기만한 우리 추억
생각나면 어찌하나 짧은 기억
웃음 지을 땐 어찌하나 생각나서
내 마음 무지개 그려 넣고
그 안에 너의 기억 담아 넣을래
일곱 개의 끝없는 기억
너의 모습도 선명히 여길 맴돌아
우리 추억 저 높이서 우릴 지켜봐
나와 너의 모습 떨어져 있더라도
추억이라며 담아 두려 해

작은 마을

작은 마을
그 안에 내가 살고
그 안에 너도 살고
소가 살고
닭이 살고
개가 사네
아침에 닭이 울고
낮엔 개가 짖고
아름답고 정겨운 작은 마을

파랗게

푸른 하늘 아래 언덕길 위에
난 파랑새가 되려 해
웃으면 정말 좋을 테지만
슬퍼하면 구름 속에 슬픔이 가려지게
하늘도 파랗고
내 마음도 파랗고
믿음도 파랗고
인생도 즐겁게
난 오늘도 웃었다
난 내일도 웃을 거다
아직은 믿음만 파랗지만
정말로 내가 파랗고 행복해지게

남자는

남자는 뜨거우면서 차가운 존재다
남자는 여자보다도 마음은 더 여릴 수 있다
남자는 참지 못해도 참으려 애쓴다
남자는 잘못하고 나서 후회한다
남자는 여자보다 말을 잘 못한다
남자는 눈물없이 지내려 노력한다
남자는 보이는 모습보다 걱정이 많고
눈물도 보이진 않지만 많이 가지고 있다

바람이 낙엽을 날리려

바람 따라 살랑살랑 낙엽이 날 유혹하고
바람결에 추워하는 아이가 나에게 온다
이 말 한마디만 바람이 들어도
고집스런 나 그 생각 날려 보낼 텐데
바람아 날 춥게 하려는 바람아
낙엽처럼 가벼운 나의 마음 쉬고 싶으니
가만가만 가만 있거라
나의 마음 흩어 놓지 마렴

학교
—인생 결정

학교가 나를 망설이게 한다
학교가 나의 생각을 묶어 놨다
결정은 없기를 바랬었다
한 가지가 불가능이 되길 믿었다
결국 선택을 하란다
나한테 세상은 상처를 얼마나 남길려고
나의 공부 다짐은 있지만 아직 다리가 없을 뿐
어디로든 아직 갈 수 없다
결정이란 이름을 가진 다리가 없기 때문에
나는 특수학교에서 열정을 가지느냐
일반학교에서 정해진 행복을 가지느냐
어쩜 인생과 미래를 걸어야 한다
결정권이 있는 건 좋은 건데
애들은 정해져서 가는데
인생 한 부분은 최대의 선택이다
이제 끝나가는 일반이란 의미를 가진
행복을 어떡할까?

3

가능성

길어지는 하루
늘어 가는 일
많아지는 책임감
너는 모른다
나도 모른다
무엇을 위해 사는지
무엇을 위해 일하는지
나는 현실을 느낀다
생각도 많아진다
어린 시절 나란 꼬마는
가능성도 많았지만
그 반대도 컸다는 걸 이제 느낀다
언제나 가능성만 믿고 쉬었던 나
우겨서라도 가능성을 찾고 싶던 나
어리다고 누구한테든 말할 뿐

싶어라

저 푸른 초원 위에
너의 그림자가 되어
너의 곁에 있고 싶어라
저 높은 산 위에
높은 나무가 되어
너의 가야 할 길 보고 싶어라
눈물 없는 사막이 되어
슬프지 않고 싶어라
저 북극 얼음 녹듯
나의 추운 마음 녹고 싶어라
저 바다처럼
태양에도 마르지 않도록
내 목 축이고 싶어라
난 영원히 공부처럼
나의 모든 걸 모르고 싶어라

반딧불

어느 날 창문 밖 어두웠던 그곳에
반딧불 한 마리 나를 부른다
졸려서 눈이 감겼던 나는
살며시 눈을 뜨고 깜깜한 하늘에
반딧불 바라보다
하나가 둘로
둘이 셋으로
천천히 빛의 수는 늘어 간다
얼마쯤 지났을까 반딧불은 사라졌다
나의 마음도 꿈속으로 사라졌다

겨울밤

그대 없는 겨울밤
눈 내리는 하얀 밤
몸을 움츠리다
추워서인지
그대 없어서인지
잠이 들지 않는 밤
불안해서인지
눈을 보고파서인지
알 수 없는 밤
내 마음이 혼란스런 밤

의미

어느 것 안에는 어느 것만 있지 않다
물 안에 물만 있지 않다
돌 안에 돌만 있지 않다
흙 안에 흙만 있지 않다
저마다 무엇인가 뜻이 있고
저마다 무엇인가 이유 있고
의미는 넘칠 테니
물건을 물건 하나의 뜻으로 보지 말자
안에는 없으나 겉에도 없으나
살아 숨 쉰다 믿자
이유가 한 가지 일지라도 한 가지로 그치지 않는다
그 안에 이유 그 안에 또 이유
해석한다면 사람마다 열 가지 넘으니
의미란 깊고도 깊은 것 끝이 없다
말과 소리 다르듯 의미의 끝
보는 누구라 할지라도 끝이란 없다

반사

너 웃는다
나 웃는다
너 울려 한다
나 울려 한다
너 자고 있다
나 자고 있다
거울은 달래 주는 엄마
나 혼자지만 혼자가 아니라서 외롭지 않다
방긋 웃는 너의 모습 나의 모습도
내가 있는 한 거울과 영원하다

보드 게임

마당이 하늘 같다
집은 지구 같고
공원은 우주 같다
세상은 보드판이고
하루 돌 듯 판의 이동은 삶 같다
주사위는 나의 다리이고
나머지는 삶의 재료이다
지금 보드판 위에는
65억의 말들이 즐기는 중이다
보드 게임의 끝은 아직 모른다
그러나 쉴 새 없이 말들은 교체되고
승리만을 위하여 치열하게 싸워 간다

외로움

나는 안는다 인형을 안는다
나는 안는다 엄마를 안는다
나는 듣는다 기쁘려 듣는다
나는 듣는다 노래를 듣는다
바람결에 매달리는 마음
온종일 추위에 위로를 받고
눈을 뜨면 가득 차 버린 설렘
소리 없이 여기 멈춘다

시간

짧게만 느껴지는 과거의 시간은
그 시점에선 가지 않는 시간이다
길게 느껴지고 가지 않는 시간도
결국엔 짧기만한 기억이다
후회는 지나고 나면 짧은 기억이고
행복은 작을 때도 커다랄 때도
사람의 바램은 끝없이 남아서
행복은 기억에 남기에 더 짧다
하루 이틀 날이 가면 아쉬운 건
소망에 비해 노력이 작은 건 아닐까

길

이 길엔 내가 없고
저 길엔 네가 없다
어렸을 적 지나던 그 길 풍경
지금은 어딜 가야 다시 보나
세상은 길로 이루어져 있다
탄생의 길
실패의 길
죽음의 길
성공의 길
그 외의 나머지 모든 길
바다에도 길이 없진 않다
수영으로, 배로 간다
하늘에도 길이 없진 않다
날아가는 하늘의 길
살아도 아마 죽어서도 있는 길
이 지구는 길을 지켜야지
갈 수 있고 살 수 있다

식물인간

내가 소리친다
소리내도 아무도 모른다
생각들은 한다
내 기억 경험에 비해
고장이란 믿음
가졌지만 이젠 믿는다
내가 잠시 누운 시간엔
나의 1분은 한 달이고
나의 생각은 가짜다
보지 못하진 않았으나
나의 눈은 환상인 채
제자리에 가만 멈춘 채
움직이고 모험한다
길진 않지만 좋을지도 모른다
내 경험을 걱정하는 사람이 있어
뚜렷이 내 머릿속에
화살처럼 박힌 그 기억은
어쩜 장난인 채

나만 알고 지워지길

말해 봐야 믿지 않고

날 싫어하게 될지도 모르니

나에게 참을성은 그 모험을 통해

결국 사람이 되었다

심심할지 모르는 그 시간을

달래 주는 또 하나의 나의 세상

* 나의 세상 배경은 고향집이었다.

말

멈추지 마세요

날 이끌어 주세요

욕은 하지 마세요

인사는 잊지 마세요

주저앉지 마세요

너 입 하나라도

말이 없이 사는 사람 얼마나 될까

중환자 빼고는 없겠지

글이 말이 되고

손이 말이 되니

말 끝이 없다

죽는 그날까지는

지옥 평생

눈을 뜨려 하지 않는다
난 세상이 무겁다
삶이 헛된지 생각한다
지옥이라 믿기에는
평생 너무 두렵다
눈을 뜨면 그 시점에서
시작돼 가는 아픔
나는 가져 보지 않는다
삶을 잃더라도
나 그 길 갈 테다

나의 글

난 나에게 재촉하지 않는다
재촉은 곧 병이니까
난 눈물도 나오기를 바란다
힘이 있는 사람도
눈물을 가지면 약해 보이니까
나 역시 그것을 원하니까
나 이유를 글로 말하고 싶다
듣는 사람도 읽다 보면
내용을 잊을지도 모르니까
난 나에게 주고 싶다
줄 건 없지만 나의 글을
만약 그래서 더 편할 것이라면

환상

만나면 꽃이 되고
말하면 아름다워진다
바라면 무지개가 생기고
바라보면 축복이다
내 안에 그린 너
무엇보다 환상 같아
보기만 알기만 그래도 행복해
가둔 너 이제 꺼낼게
너만 혼자 힘들어질 테니
나 시간이 흘러도
지금이 이 하루가 지나지 않은 듯
기억하며 행복하려 한다

보조기

내가 없이 너 어딜 갈 것인가
네가 없이 나 서려 할 것인가
색은 다르나 과정이 흡사한 듯 느낀다
나의 걸음 바침의 보조기구
오랜 기간 나의 다리의 뿌듯함
땀이 차 좋지 않았던 기분
이젠 안다, 안다 해도 모른다
나에게 보조기가 필요한 건 알지만
왜 나에게 필요했어야 하는지는
모르고 싶다 길을 아는
한 아이가 있더라면 더딘 자신의 길
보조 없이 가려 보충하지만
나의 길 안다 할지라도
보조기 나의 다리가 있는 한
오래도록 함께할 것이다

눈물

네가 우는 모습을 보일 땐
세상이 비에 젖은 것 같아
너의 끝없는 눈물은
세상을 눈물에 적신 듯해

내가 눈물을 흘렸을 때
나의 생각은 어디선가 네 모습이
날 달래 주었으면 해

계절이 가고 겨울이 오면
싸늘한 날씨 탓에
내 눈물도 얼어 버릴 듯해

그 눈물이 얼고 나면
나머지 세 계절은
눈물이 조금씩 조금씩 녹아
일 년은 눈물이 녹는
슬픈 계절이 될 것만 같아

* 청소년 문학에 공모한 시.

순간

순간의 아픔 한순간에 찾아온다
순간의 상처 한순간에 생긴다
순간이란 작기만한 시간에
돌이킬 수 없는 일이 생기고
순간의 실수로 평생 앓기도 한다
평생을 아파하며
평생을 후회하고
나 역시 그 짧기만한 도로에서의 장난을
기억은 전혀 나지 않으나
순간의 실수 탓에 평생을
후회하고 앓으며 슬퍼할 것 같다

명절이 좋다

할머니가 오신다
외삼촌도 같이 오신다
우리 집에 오신다 명절이라서
오는 할머니 멀어서 힘드실 텐데
몸도 건강하신 것 같진 않아서 힘드시겠다
그래도 반갑고 설렌다
엄마도 좋아하시니
언제 오시나
오실 때면 오시겠지
멀어서 기대감도 더 크니까
기다리는 할머니
그 뒤에 감춰진 엄마의 환한 미소

4

답

사람은 누구나 생각을 한다
다른 의견일지라도
모든 의견이 정답이다
누가 맞고 누가 틀리나는 있겠지만
그 모든 사람의 생각엔
이것이라고 믿었으니 내겐 답이었다
시도 그렇다
이 글이 맞던 아니던
나의 생각을 쓴 것이기에
몰랐을 그때라도 내게는 답이었다
그러니 나중에는 아니더라도
그 순간은 내게 답이니
기억 속에 사라지기 전까지는
내게는 답이다

식구들

병원에 입원한다
병원에선 힘들 거라고 말한다
그래도 엄마는
눈물을 글썽이며 병원을 옮겨다닌다
그리고 마침내 시간이 흐른 후
나는 깨어났지만
아무도 알아보지 못하였고
그래도 제일 먼저 알아본 건 형이였지만
얼마 시간이 흐른 뒤 형과 나는
떨어져 지내며
각자의 할 일을 열심히 하고
2년이라는 힘들었던 시간이 흐른 뒤부터
아직까지 4년간은
모든 식구가 힘든 거나 기쁜 거나
함께 나누며 살고 있다

고마운 사람들

언제나 받는 도움
빚진 것 같은 커다란 고마움
모든 게 감사하다
태어나게 해 준 것도
지금 살아가는 것도
밉지만 그리운 친구다
안 친했던 친구라도
그 친구 덕분에 조금은 더 강해진 거라면
이별도 어쩜 고마움이다
이별이란 것을 겪으며 참으니까
내겐 또 다른 그 모든 게
삶의 경험이라 생각하며
살아가면 내겐 그 어딘가엔 있을
몰라도 그 모두가 고마움이다

듯한 관심

한 사람이 한 사람에게로
두 사람이 한 사람에게로
세 사람이 한 사람에게로
여러 사람이 한 사람에게로
따뜻함이 서려 있는 관심을
누구에게나 없는 듯 받는 관심도
나에게도 모여 있는 관심도
위로라도 되어 주는 관심들이
있는 듯 없는 듯 이곳에는
많은 관심이 있다고 믿는다

토순이

우리 집 거실에는 토끼가
외출하고 돌아오면 밥 달라
조용히 말 못하고 밥 달라
멍멍이는 멍멍멍 하는데
우리 집 토순이는 귀여워
시간이 가도 가도 너무 작아
혼자서 좁은 집안에서
하루 종일 얼마나 심심할까
말 못하고 조용히 심심할까

뻐꾸기시계

하루 종일
시간이 흐를 때마다 우는 뻐꾸기
한 시면 한 번
두 시면 두 번
세 시면 세 번
집안에서 언제나 대기를 하면서
하루 종일 눈뜨고 기다리는 뻐꾸기
뻐꾸기는 사람들이 싫어서인지
한 시간에 한 번 잠시 보면 들어가고
아침에 늦잠 자는 사람들을 깨우기는
크게 아주 크게 우는 뻐꾸기 소리가 최고다

걸음 소리

아주 가끔 너를 생각한다
가끔 걸음 소리가 문 앞에서 들린다
그 순간이 되면
기대를 품곤 하지만
그럴 리는 내게 없다
믿어 보려고 노력하지만
할수록 허탈함은 커지고
믿음이란 단어가 멀어진다
소원을 빌면 그 소원이
걸음 소리부터 내게 찾아오겠지

화가 아저씨

그림을 그리는 아저씨
나무를 담는 아저씨
종이를 깔고 펜을 들고
조금씩 조금씩
조용히 나무를 담고 있는 아저씨
어떤 것이라도
종이와 연필만 있다면
언제든지 담아 가는
화가 아저씨

의미와 다른 세계

바람 불고 숨을 쉬고 추운 이곳은
보고 싶은 모두를 보고 사는
의미와 다르지만 무의미한
세계 경쟁의 인생판인 셈이다
굴리듯 흐르면서 움직이고
망하면 끝나기 전에 빠지고
히든카드 당첨만이 역전의 방법인
의미와는 다른 곳 이곳은 세계다

세상은 상상 그 이후엔 무효

세상은 볼 수 있는 상상이다
가만히 내 것처럼 가져야 한다
내 맘이 나의 몸을 가지지만
가진 걸로 알고 살지만
아픈 상상만은 슬픈 상상만은
언제나 미래의 내가 된다
잊은 거 하나도 몰라도
나는 기억을 지운 뒤여도
내 기억을 가진 또 하나의 환상이 오면
나도 모르게 나는 긴장을 하지만
그 상처를 아는 그 환상이
또다시 나에게 끄집어내면
모르는 것도 다시 내겐 과거의 아픔이 된다
세상을 아무리 끊임없이 돌고 돈다 하지만
잠에서 깨고 나면 없어지듯이
오랫동안 그려 왔던 상상은 무효가 된다

나 2

초라해진 나
이젠 약해빠진 나
숨고 싶은 나
벌레 같은 나
지우고 싶은 나
아는 거 없는 나
왜 하필 이 순간에
난 여기에
지내야 하는 걸까
나

꿈속 세상

기분이 흐려진 잠들 무렵
해가 뜨면 조각난 세상
일으키자 주저앉는 나
이미 다가오다 멈춘 하나의 세상
너를 보다 나를 알면
나온다던 희미한 세상
이해하던 세상 하나는
내일이 되면 나를 찾지 않고
아침이 되면 나는 깨지만
나에게선 깨끗해진 세상

무리 짓는 그리움

그리움은 바다다
그리움을
달래기 위한 갈매기들이 다녀가는
바다는 그리움이다
아픔은 하늘이다
하늘만큼 커다랗고 멈추지 않는
아픔은 하늘이다
지속해서 여럿들이 무리지어 그리워하고
그리워하다 아파서 하늘에 가면
보기보다 커다란 그리움들은
바닷물에 무리지어 녹아내린다

가족 그림

그림 그려진 도화지 위에 나는 없다
가족의 즐거움 속에 내가 빠졌다
자리는 잠시 시간 속에 끼지 않았다
순간 속에 내 기억이 없어 나는 없다
내 모습이 허락지 않아
내 그림에 가족은 있지만 나는 비었다
내 자리가 원하지 않았다
원하지 않은 만큼 빼고 빼서 지워져서
그리지 않고 내가 없는 빈자리만큼
즐거움을 채워 넣고
순간적인 생각이 결정하여
내 모습은 자리에 끼지 않았다

시는 내 친구

깊은 산속 사람이 없네
나는 대화할 친구가 필요하오
말 한마디 꺼내자
새가 답해 주네
새와 나는 어느새 친구가 되었네
새가 울자 슬퍼지오
새가 웃자 기뻐지오
하늘을 나는 새는 나에게
사냥감의 위치도 알려 주며
기쁠 때나 슬플 때나
함께 울고 웃네

다른 사람도 나의 소망을 안다면

나는 그랬다
오랜 나의 소망들을 풍선에 담아
날려 보냈다
그 풍선은 아마
저 높은 곳까지 오르고 오르다
기압을 버티지 못하고
터졌을 것이다
그 풍선 안에 있던 나의 소망들은
어느 땅에 떨어져
그 누군가 보았을 것이다
그게 누가 되었건
나의 소망은
다른 모르는 이도 알게 되었고
그 사람이 착한 사람이라면
나의 소망을 들어주진 못해도
보이지 않는 곳에서라도
나를 생각한다면
난 왠지 기분이 좋을 것만 같았다

나란 사람

나란 사람
이제 너에게 할 수 없는 말
나란 사람
이제 너에게 하고 싶은 말
알지를 못해 알아보지를 못해
늘 네게 없던 듯이 지내왔고
자신이 없어 당당하지가 못해
네게 늘 말할 자신 없었지만
이제야 말해 본다
이제야 불러 본다
나란 사람 너의 이름을

타임머신

세상을 알아보려
수많은 생각들을 해 본다
믿음을 간직하려
여러 노력들을 해 본다
가슴이 뛰는 지금 나는
시간을 타고 다닌다
그래도 만약이라면
어쩌면 타임머신이 내게 있다면
그런 것을 가져 본다면
나는 이 시간이 아닌
다른 저 먼 시간으로
무슨 일이 생기더라도
나는 한번 떠나
다른 시간에서 살아 보고 싶다

의사

내가 만약 의사가 된다면
가난하고 아픈 사람들을
무료로 수술해 주고 싶다
아파도 아파야만 하고
힘들어도 참아내야만 하던
가난한 사람들
내 능력 안에서
다시 걸어 볼 수 있게
수술을 해 주는
그런 정형외과 의사 선생님이 되고 싶다
지금 꿈은 시인이다
시가 좋으면 마음도 낳게 하는
시인도 의사와 비슷하게
마음을 낳게 해 주시는
또 다른 시인 의사가 되어 보고도 싶다

5

그분

그분을 뵙고 싶다
아득한 그분 내겐 추억인 그분
그분을 이제 뵙는다
나의 글 안에 오셨다
이렇게 나의 글에 그분을
만들어 낸 이 손은
나의 하나뿐인 모든 걸 하게 해 주는
하나밖엔 있지 않은
나의 무기일지도 모르지만
손이나 모든 하나 하나가
부모님은 아니어도
그분이 있지 않았다면
나는 이곳에 이 자리에
이렇게 없었을 것이다

붕대는 내 친구

붕대는 내 친구다
오랜 시간을 함께해 왔다
붕대를 감지는 않지만
내 손목 내려가지 않으려고
무엇할 때나 그냥
손목 내려가는 것 같으면
자주 잡던 내 친구 붕대
붕대를 잡기 시작한 것은
아마 사고가 난 후
집에서부터일 것이다

시인과는 다르지만

그를 닮고 싶다 하나만은
시를 쓰고 싶다 잘
내 실력이 부족해도
나의 시가 적어도
나는 시인이 되고 싶다
죽기 전까지 삶의 모습을
시로 담았던 그 시인같이
나는 시로 평생을
닮을 수 있는 그 정도의
끈기는 내게 없어도
힘들 때 힘을 주고
울고 싶을 때 달래 주는
글이지만 가족 같은
그런 시는 내게 시다

필요한 이유

내게 꿈이 있었다면
내가 갖지 않은 그 부족함을
채워 줄 수 있는
내게 필요한 것이었으면 좋겠다
사람에게 알려지기보단
그 알려질 이유 하나까지도
내게 필요함이 남는다면
바로 이루진 못해도
오랜 시간이 걸려도
내게 진정으로
그 꿈이 맞는다면
하나가 열이 되는 그날까지
작은 것도
모든 커질 수 있는 이유다

내가 이렇지 않았다면

내가 꿈을 꾸어 본다
어려운 꿈 행복한 꿈
내가 생각을 한다
이렇지 않았더라면
내가 지금 이 삶 말고
다른 삶에 와 있다면
지금 내가 꾸는 어려운 꿈
정말 이뤄 볼 수 있더라면
그늘진 나무의 크기처럼
내 꿈도 무럭무럭 자라
쉴 곳도 만들어 주는
좋은 사람이 된다면

상상 속

너를 가져 본다
너를 그려 본다
그 자리에 찾아간다
내게 없어도
그가 없어도
가 보지 않아도
무엇이든 할 수 있는
상상 속

되갚을 수 있다면

나의 전화기로 다른 사람 도움 줄 수 있다면
나의 장난으로 다른 이가 재미있어 할 수 있다면
나의 개인기로 다른 이가 기뻐할 수 있다면
나의 머리로 나의 친구 공부 도와줄 수 있다면
나의 헌혈로 다른 사람 더 살 수 있다면
나의 목숨 다른 이에게 바칠 수 있다면
나의 장기로 다른 이가 살 수 있다면
나의 몸이 거름이 될 수 있다면
내가 받아 왔던 그 큰사랑 베풀 수 있었으면

숫자시

1년을 나 혼자 헤매였죠

2년이 돼서야 그대 왔죠

3년째 되던 그날에 그댄 떠나고

4랑한다 좋아한다

5늘 돼서야 말해 보며

6개장 먹으며 매운맛에 잊어도

7일 후에 다시 생각나며

8딱팔딱 뛰는 나의 가슴은

9분도 못할 정도 힘이 들어

10자가에 힘들지 않게 해 달라 빌며

그댈 제발 잊게 해 달라 하늘에 애원해 본다

사막

사막 한가운데 떨어지면
먹을 것도 마실 것도 없네
길을 아무리 헤매고
한 방향으로만 계속 가서
무엇인가 보이면 그곳으로
아무리 가 봐도
아무것도 있지 않네
태양이 뜨거워질수록
목마름에 애태우는
나는 길을 걷고 걸어도
끝은 보이지 않고
나의 인생
끝날 날만 기다리며
끝도 없이 걸어가는 나

시가 없었으면

만약 이 세상에
시가 없었더라면
지금보단 문제가 더
있었을 것이다
지금보다 글재주가
조금 모자랐고
나의 취미생활 중
가장 좋은 노래와 시 중
시가 없으면
더 심심했을 것이고
고민이 지금보다
풀릴려면 더
오래 걸렸을 것이다

그려 본다

그림을 그려 본다
나에겐 글이란 언어도
그림이 되고
그림 또한 나에겐
글이 되어
서로 다른 각자의 그림과
글이라 하여도
글로 쓴 데로
나의 그림 그려 나간다

엄마

가녀린 님은 내게서 나무 되었고
내 인생에 그늘이었으며
목발 같은 내 것 아닌 내 다리였네
님은 몸이 닳고 달아 힘들었고
마음만은 지칠 줄 모르고 여전하였네
님 이젠 망가져 가네
망가질 때도 몸보단 마음이 더 아파
평생을 나 위해 바친 그대
그 마음엔 끝이 없는 여전함
여기 또 일 생기셨네
나의 매일을 나보다 열심히 사는 그대
평생을 다해도 부르지 못할
짧지만 끝이 없는 그 이름 엄마

병실
—인간극장

표정 찌푸리다
그러고는 운다
아픈 사람들의 삶을
표현하는 극장 같다
힘든 사람들의 삶을
표현하는 극장 같다
그런 사람들 중
아주 심한 사람들이
말하는 극장이다

최고

나는 최고다
공부도 못하고 다리가 아파도
나는 최고다
나는 나의 희망을 믿고
나의 힘을 믿기에
나는 최고라고 말한다
나만이 나를 최고라고 말하지만
그래도 나는 최고다

수화

소리 없이 말한다, 너는
계속 말한다, 손은
알아주지 않아도
모두가 몰라도
손으로 움직여 가며
뜻있는 표현을 해 본다
소리 없이 말하는
그 수화를
나도 오늘 공부해 본다

작은 꿈

길을 걸어갈 때
밑에서 움직이는
작은 소리
세상에서 가장
작은 생명들
오래 봐도 보이지 않는
세상 음식
가만 있어도
움직이는 몸
그런대로 세상의 꿈들이
마주 보고 있다

동그라미

동그랗게 흘러가는 시간
지구가 그렇듯
동그란 지구는 소리 없이
언제나 동그란 태양을 돌며
사계절 일정한
시간의 흐름을 알려 준다
나도 한번 그랬으면
변함없이 한 가지만 해 봤으면
하는 바램들이 동그랗게
내 머리를 돈다

고속도로

막히는 도로
특별한 날일 땐
언제나 그랬지만
뛰어가는 게 더 빠르겠다
나는 한 번 그랬으면
차보다 더 빠르게
먼 길을 나의 발로
쉬엄쉬엄 가 보았으면 한다

모험

세상은 넓다
그 넓은 세상에 비해
인생은 짧다
그 누구라 하여도
혼자의 힘으로
세상을 체험하기엔
너무 짧은 모험
같다

한 걸음도
희망이다

김승재

2002년 3월 25일. 저는 초등학교 3학년에 올라간 지 얼마 되지 않아 등교하던 길에 1톤 트럭에 치여 머리에 큰 중상을 입고 2~3곳 병원에서 깨어나기 힘들 거라는 진단을 받았답니다. 그러나 저희 부모님께서는 저를 포기하지 못하시고 목숨을 걸고 인천의 어느 병원까지 올라와서 오랜 시간(약 2개월)이 지난 후 기적처럼 깨어났습니다. 그 후로 저는 2년 동안 긴 병과 싸우며 병원 생활을 했으며 늘 병원 안에서 밖에 있는 친구들을 그리워하였습니다. 학교를 다니고 있는 친구들이 그렇게 부러울 수가 없었습니다. 하지만 제게 학교는 '그리움' 일 뿐이었습니다.

그리고 힘든 투병 생활 끝에 다시 학교에 다닐 수 있게 되기는 했지만 장애를 입기 전과 입고 난 후의 학교생활은 너무도 달랐습니다. 그땐 너무 어려서 기억이 나지 않지만 절 바라보며 하는 아이들의 손짓과 저의 장애에 대한 욕들이 제 귀에 들려와서 학교생활이 편하거나 쉽지는 않았습니다.

초등학생 땐 수련회를 한번 갔는데 부모님 두 분이 같이 가서서 잠시 즐기고 그날 다시 돌아왔고, 중학생 때 역시 엄마와 수련회를 같이 갔지만 계단 오를 땐 지나가던 남자에게 부탁을 해야 했습니다. 화장실 가는 일도 혼자 들어가기가 힘들었고, 저만 따로 혼자 차에 타고 이동해야 했으며, 고등학교 수련회 역시 엄마와 함께 갔습니다.

중학생 때는 어떤 친구는 저의 제일 친한 친구 이름을 사칭해 제가 알지도 못하는 말로 입에 담기도 어려울 정도로 심한 장애에 대한 욕과 그 이외의 욕을 보내왔습니다. 그 뒤 전 그때 받은 충격으로 한동안 학교를 가지 못하였고, 그 당시 악화되던 건강상태 때문에 결국 학교생활을 하지 못하고 집에서 공부하는 재택반으로 옮기게 되었습니다. 그 뒤 전 우울증이 더 심해졌고 외로움이 늘어 갔습니다.

그러던 어느 날 초등학생 때 쓴 일기장을 찾아보게 되었는데, 그때 일기 대신 썼던 시(詩)를 보며 건강했었던 그때를 생각하며 다시 시를 쓰게 되었습니다. 그러면서 시인(詩人)의 꿈도 다시 갖게 되었고, 그렇게 시가 나의 취미가 되어 시와 그 당시 썼던 글로 인해 힘을 얻고 만족감을 느끼게 되었습니다.

그렇게 시간은 흘러 전 고등학생이 되었고 천 편이 넘게 모아진 저의 시를 책으로 만들게 되었습니다.

저는 글을 통해 자유를 알았고 마음

을 다스렸으며, 장애에 얽매이지 않을 수 있었습니다. 글로 인해서 항상 행복했고 글을 쓸 수 있는 제 자신에게 감사했습니다. 글 속에선 장애가 없으니까요.

이제 저는 장애는 부족함이 아니라 오히려 더 강한 의지라고 생각합니다. 사람들의 차별은 저에게 슬픔을 주었지만, 그 슬픔은 저를 강하게 해 줬고 사람들의 시선은 저에게 위축되게 하지만, 그 느낌은 마치 저를 일어서라는 듯 강요하는 것 같아 저는 다시 일어서야 한다는 믿음을 갖게 합니다. 때로 장애가 주는 불편함은 저를 늘 야단치듯 합니다. 그래서 전 늘 정신을 가다듬고 다시 일어설 이유를 만들고, 그 이유가 저에겐 늘 꿈이 되곤 합니다.

전 불편함 속에서 다른 길을 찾았고, 길이 보이지 않을 때는 다른 노력을 택하였습니다. 저의 노력을 알아주듯 점점 학년이 올라갈수록 친구들도 제게 더욱 다가오는 것 같았고, 성사고등학교로 전학 와서는 도움반이나

통합학급 학생들 서로가 저를 도와주었습니다. 여러 선생님들과 친구들의 도움으로 고등학교를 무사히 졸업할 수 있게 되었습니다. 사회에 나가면 사회는 저를 안 좋게 생각하는 사람보다는, 저를 좋게 생각하는 사람이 더 많을 거라 믿기에 저는 제가 지금 글로 장애를 극복해 오는 것처럼 힘든 사회생활도 극복할 수 있을 거라 믿습니다. 인생의 모든 건 끝없는 극복이니까요.

　다른 사람이 이해해 주길 기다리지 말고 내가 먼저 변해야 한다고 생각합니다. 그래서 다가감은, 남의 의사도 중요하니까, 내가 다가오기에 편한 사람이 되고자 합니다. 남은 나를 모르고, 나도 남을 모르니까, 내 아픔은 내가 이겨 내는 수밖에 없습니다. 내게 다가오기를 원해서, 내가 먼저 다가가려고 노력합니다.

김승재 드림